LE

# SALON,

## LE BOUDOIR,

## LE THÉÂTRE

## ET L'HOSPICE.

Par Madame M.......

TOME DEUXIÈME.

PARIS,
MOREAU-ROSIER, ÉDITEUR,
68, RUE MONTMARTRE.

1830.

# LE SALON, LE BOUDOIR, LE THÉÂTRE ET L'HOSPICE.

PARIS, IMPRIMERIE DE AUGUSTE MIE,
rue Joquelet n° 9, place de la Bourse

LE

# SALON,

## LE BOUDOIR,

# LE THÉÂTRE

## ET L'HOSPICE.

Par Madame M.......

TOME SECOND



PARIS,

MOREAU-ROSIER, ÉDITEUR,

68, RUE MONTMARTRE.

1830.

# LE SALON.

## CHAPITRE XVIII.

Lorsque Constantine me vit dans dans ma toilette nouvelle, la joie brilla sur sa figure.

« Florida, me dit-elle, mon frère a su me prévenir, et cela devait être : telle vive que soit l'amitié, l'amour est plus vif encore, et pendant que je rêvais à la robe qui vous irait le mieux, Adolphe, avec ce tact qu'on lui connaît, avait commandé. Vous êtes délicieuse comme cela ! Il est vrai que, si bien faite et si jolie, vous savez embellir tout ce que vous portez. Oh ! combien je suis heureuse de vous voir ainsi parée ! près de vous, toutes les beautés de la cour seraient bientôt éclipsées ; ne croyez pas que j'en sois jalouse ; après Florida, on peut être glorieuse de briller au second rang. »

Fêtée, adorée de tout ceux qui

vivaient dans ce brillant hôtel, retenue par la sœur avec autant d'empressement que par le frère, comment mes projets d'évasion eussent-ils pu durer et ne point s'évanouir? Je ne songeai plus qu'à prendre ma part du plaisir et de l'éclat qui suivaient partout mes illustres hôtes; rompre des liens si doux, m'arracher à cette agréable vie, ce fut bientôt au-dessus de mes forces, et comme un projet éloigné dont je gardais à peine un léger souvenir.

Adolphe recevait la société la plus distinguée de la capitale; peu à peu je m'habituai à figurer dans ces salons magnifiques ; je pris le ton, les manières des femmes de cour, j'étalai le même luxe, la même légèreté ; j'eus bientôt conquis les graces parisiennes, et sans vanité, ce n'était pas sans quelque raison qu'on vantait partout la tournure et les appas de la créole de Saint-Domingue. Souvent légères, enivrées d'adulations et d'hommages, nous nous élancions au bruit d'une musique mélodieuse, et nous formions des pas élégants, nous prenions des poses voluptueuses. Ces bals respiraient l'amour et la gaîté ; las des horreurs de la révolution et de la vue des échafauds, heureux du retour de l'ordre et de la tranquillité, les Français savouraient le plaisir, en hommes qui en avaient été privés long-temps et qui connaissaient tout son prix.

Qu'on dansât, qu'on fît de la musique, ou que seulement, assis en un vaste et brillant demi-cercle, on se livrât aux charmes de la conversation, Adolphe était sans cesse à mes côtés; c'était lui qui me donnait la main, qui me servait, m'accompagnait, c'était mon chevalier de tous les instants, il était presque jaloux des regards que m'attiraient quelque beauté et peut-être bien aussi les hommages qu'il ne cessait de me rendre; et moi, doucement entraînée, subjuguée, je buvais à longs traits le poison de l'amour.

Un jour il entre rayonnant de joie et de bonheur. « Florida, me dit-il en s'asseyant bien près de moi, je vais vous apprendre une excellente nouvelle; on parle d'une expédition pour Saint-Domingue, cinquante mille hommes vont être embarqués; on va mettre à la raison ces esclaves révoltés, vous allez rentrer enfin dans tous vos biens; mais j'espère que vous ne quitterez point la capitale. Où trouver ailleurs qu'à Paris cette société, ce mouvement, cette politesse, ce goût exquis, ces spectacles, ces réunions et toutes ces jouissances? Et puis vous ne voudriez point abandonner Adolphe et Constantine; le cœur de Florida ne connaîtra jamais l'ingratitude. J'ai parlé de vous au premier consul, il a pris feu aux premiers mots, et s'intéresse à tout ce qui vous regarde, il vous attend, et j'ai promis de vous mener à la cour; ainsi, dès demain, j'aurai l'honneur de vous y présenter. C'est dans ce brillant séjour que je veux voir pâlir à vos côtés les beautés les plus fameuses qui s'y pressent, et s'y sont donné rendez-vous de tous les points du monde.

Quelle femme ne sentit pas son cœur palpiter de plaisir à semblable nouvelle? Un grain de vanité, cet instinct secret qui nous porte à chercher toujours un plus grand théâtre à notre gloire, en voilà plus qu'il n'en faut pour égarer une tête légère. D'ailleurs, si j'allais à la cour, ce serait avec Adolphe; Adolphe! si bon, si prévenant, si tendre; Adolphe, pourquoi chercherais-je à le cacher? Adolphe que j'aime et que j'adore à mon tour, celui par lequel je vis, j'existe et je respire, celui qui n'aura plus bientôt, pour triompher, qu'à laisser venir la victoire.

Enfin, arrive le soir ; que les heures s'étaient lentement écoulées! J'entends avec émotion le roulement de la voiture qui va nous emporter, le piétinement des chevaux qui s'impatientent : l'éclat des lumières, la richesse des livrées, tout cela fait battre mon cœur. Cette fois, c'est avec plus de soin et quelque raffinement de coquetterie que j'ai disposé ma toilette, pendant que Constantine, coiffée d'un riche diadème, vêtue d'une robe d'une blancheur éclatante, se couvre d'un manteau rose à la Vénus, et pare ses bras divins de bracelets précieux, je passe un vêtement grec, chef-d'œuvre d'élégance et de légèreté. Le blanc est à la mode, c'est dire que ma robe est semblable à celle de mon amie ; mais j'ai laissé le manteau pour m'emparer de la tunique bleu clair, à pointes échancrées, qui se terminent par des glands d'or mobiles ; mes cheveux arrangés à la grecque sont retenus en arrière par une flèche délicate, et tombent par devant en longues boucles jusque sur mon sein ; ce gracieux vêtement s'appelle un volubilis !

Nous partons, en quelques minutes

nous sommes aux Tuileries. Quel plaisir de descendre de ce riche équipage devant la foule empressée, de monter ces escaliers resplendissants de marbres et de dorures, de traverser cette longue file d'appartements qui semblent dérobés aux châteaux des fées, et de paraître enfin au milieu d'un cercle où tous les genres de mérites se trouvent déjà réunis! On nous annonce, nous sommes introduits; tous les yeux se tournent vers moi. Je ne puis me défendre d'un sentiment de crainte, en paraissant pour la première fois au milieu de cette assemblée; mais bientôt au murmure flatteur qui s'élève de toutes parts, à ces exclamations mille fois répétées : qu'elle est belle! qu'elle est jolie! quelle mise délicieuse! cette tunique est d'un goût exquis! la jolie personne! quelle aimable rougeur! c'est une divinité! je sens mon courage se ranimer; je m'assieds entre Adolphe et Constantine, et je parcours des yeux, à mon tour, cette réunion choisie.

Les femmes sont presque toutes jeunes et jolies, quelques unes sont douées d'une grande beauté; l'éclat et la variété de leurs parures forment un spectacle ravissant, et je m'amuse à les détailler tour à tour. L'une porte sur sa tête un demi-turban rouge et vert, surmonté d'une plume ondoyante ; un spencer écarlate aux pointes allongées enveloppe ses épaules et sa taille : l'autre, dont la coiffure antique est formée d'un voile artistement disposé, se pare encore d'une robe charmante dont les bords, les manches et le corsage sont garnis de liserés de velours rose appliqués avec un goût admirable ; par ici je reste en extase devant une robe de crêpe terre d'Égypte, ornée de garnitures en acier, et dont les reflets éblouissants forcent à baisser les yeux. Je remarque un chapeau de velours noir qu'accompagne gracieusement une plume qui reçut le nom de pleureuse ; puis cette coiffure à la Cérès avec le délié sautoir en serpent; j'admire encore les chapeaux de toutes formes et de toutes couleurs dont les côtés avancent à peine de quelques doigts sur le visage; enfin je m'étonne de la prodigieuse variété des fleurs, de la richesse des colliers et des chaînes d'or où brillent les plus beaux diamants. Toutes les femmes, pourvues des plus séduisants attraits de la jeunesse et de la beauté, laissent voir des bras arrondis dont les formes charmantes, la blancheur et les contours voluptueux sont faits pour embraser les cœurs.

Les hommes sont mis d'une manière plus simple et plus sévère, à part les militaires, dont les uniformes éclatants rehaussent la bonne mine, la vigueur et la fierté ; puis viennent les évêques, les sénateurs, les conseillers d'état, les tribuns, les magistrats, les ambassadeurs, les étrangers, dont les costumes différents donnent la variété nécessaire à l'effet de ce tableau, et les Français enfin qui portent généralement l'habit marron, le gilet blanc et orange, la cravate blanche et haute, la culotte noire, les bas de soie blancs et le chapeau à trois cornes avec une cocarde aux trois couleurs, largement plissée.

Quelle différence de ces riches parures avec la simplicité de l'habit bourgeois! Dans la classe moyenne, les hommes les plus élégants portent la grande cravate, le gilet à petits carreaux, l'habit gris tendre avec un haut collet vert, le pantalon jaune à la batelière et les bottes par-dessus, le petit chapeau noir avec un large ruban de la même couleur, que serre étroitement une longue boucle d'acier. Quant à la coiffure, c'est celle que l'on nomme coiffure à la Titus, elle est de mode à la cour aussi bien qu'à la ville.

Les femmes se contentent souvent du schall de soie, du chapeau de paille ou du béguin, de la robe demi-traînante et non décolletée, des gants allongés, et du ridicule jaune qu'elles portent à la main.

Pendant que je me livrais à cette revue, un monsieur en habit brodé d'or, portant des ancres au collet et aux basques de son habit, s'empare d'Adolphe et l'entraîne dans l'embrasure d'une cr oisée. Une vieille dame prend aussitôt la place de celui qui m'est cher, puis après m'avoir considérée quelques instants, me parle ainsi :

« Je vois, madame, à votre étonnement, à votre admiration, que pour la première fois vous paraissez ici; sans doute, sur quelqu'un qui n'a pas vu la cour de Louis XVI et celle de Louis XV, ce demi-luxe, cette étiquette naissante, ces figures à moitié civilisées, peuvent produire une favorable impression ; mais pour celle qui comme moi vécut aux beaux jours de la monarchie, tout cela ne peut être que ridicule et confus. Où trouver le type du vrai beau, de cette politesse exquise, de ces manières délicates et recherchées qui ne se rencontraient qu'à la cour; qui nous rendra nos jolis marquis, nos petits collets musqués, nos grands valets chamarrés de mille couleurs, et nos séduisants colonels? Voyez ce désordre, ce chaos, cette véritable mascarade, voyez ces gens à larges moustaches, qui n'ont pas honte de figurer dans un salon, chaussés de longues bottes, et traînant un grand sabre; remarquez ce monsieur poudré à blanc, cet autre coiffé sans poudre, celui-là porte la bourse et celui-ci la queue;

quant à moi, je pouffe de rire à la vue de ce gros monsieur en habit habillé, qu'une étroite cravate est près d'étrangler. Permettez que je regarde, que je cherche.... non!.... c'est dommage! il ne s'y trouve pas de perruques! Et les femmes! elles sont à mourir de rire, ou plutôt on verserait des larmes sur leur aveuglement. Voyez ces robes plates et molles qui s'appliquent sur leurs formes, les dessinent d'une manière indécente, et font d'une femme une espèce d'échalas, sans graces et sans majesté. Il fallait voir, à la cour de Louis XV, ces coiffures immenses, véritables édifices qui couronnaient merveilleusement la robe à grands paniers!... Mais quelle horreur!... adieu, mademoiselle, ne vous apercevez-vous pas que ce général sent la pipe?

— Morbleu! vous vous trompez, madame, reprit un autre militaire, dites plutôt qu'il sent la poudre!... »

La vieille dame me lance un coup d'œil significatif, et s'éloigne sans répondre.

Je riais encore de la noble indignation de la vieille douairière, quand jentendis derrière moi des plaintes d'un tout autre genre; c'étaient deux de ces vieux guerriers couverts de cicatrices à peine fermées, qui s'étaient élancés des premiers à la frontière pour conquérir la gloire et surtout la liberté.

« Que sont devenus, disait l'un, tant de belles promesses, tant de beaux discours, et tant d'exploits immortels? Était-ce pour redevenir si tôt esclaves ou valets, que nous avons versé notre sang sur le champ de bataille? Quel changement s'est opéré! la république n'existe plus que de nom, et nous avons un maître; ne voyez-vous point l'ancien régime revenir à grands pas ; que signifient cette cour nouvelle, ces hommages rendus à un seul homme, ces courbettes profondes auxquelles on veut nous ployer ; qu'avons-nous à faire de ce faste, de cette représentation, de ces frivoles manières? Les républicains n'ont besoin que de décence, de courage et de gravité! »

L'autre personne allait répondre, quand on annonça le premier consul et madame Bonaparte. Tout le monde se lève et compose aussitôt son maintien et sa figure ; Joséphine était un modèle de grace, de grandeur et de simplicité ; le premier consul, dont l'aspect me rendit tremblante, embarrassée, se mêle aussitôt aux différents groupes, adressant la parole à tout le monde, et plus particulièrement aux savants distingués qu'il se plaît à réunir autour de sa personne. Quelquefois il s'interrompt pour adresser un compliment, un mot charmant à une dame; d'autres fois c'est un reproche qui porte sur sa toilette et sur ses mœurs, et cette manière franche de distribuer la louange ou le blâme ajoute encore à mon trouble; s'il allait soupçonner l'existence de cette passion invincible qui m'attache au jeune ambassadeur, si quelque chose dans ma mise allait lui déplaire; il se dirige vers moi, je me sens prête à défaillir. Heureusement Adolphe survient, me présente et répond pour moi.

« Madame, vous êtes charmante, me dit Bonaparte, et je ne m'étonne plus de l'intérêt si vif que vous porte monsieur l'ambassadeur; je connais vos infortunes, il me sera doux de contribuer à les réparer. »

Je fais une profonde révérence, et le premier consul s'adresse aussitôt à Constantine : heureusement il n'attendit pas ma réponse, car je tremblais si fort, que l'émotion m'eût empêché de la trouver. On apporte quelques tables de jeu, et pendant que chacun se livre à la conversation, il s'empare d'Adolphe qui fait sa partie.

J'étais heureuse de la faveur dont jouissait Adolphe; je voyais sans jalousie les œillades agaçantes que lui lançaient les plus jolies femmes; je savais que son cœur était à moi. J'entendis Bonaparte prononcer plusieurs fois mon nom; et à l'instant où il se leva, je distinguai parfaitement ces paroles qu'il laissa tomber en souriant: Je compte, monsieur, que vous nous amenerez Florida dans nos petits bals à la Malmaison, et je ne serai pas content que je n'aie dansé la monaco avec une aussi charmante personne. Des idées de bonheur et de plaisir se présentaient en foule à mon esprit, quand un événement aussi imprévu que scandaleux vint porter le trouble dans mon ame.

La porte du salon s'ouvre avec une sorte de violence; on annonce le capitaine Frédeville. A ce nom, tout mon sang se reporte subitement vers mon cœur, une pâleur mortelle couvre mon front; je me rappelle cette scène où Frédeville montra si peu de mesure en public, et dans une rue de la ville de Caen. Un secret pressentiment me disait que c'était bien lui qui allait paraître, et qu'un malheur affreux planait sur ma tête. Il entre d'un air dégagé, il est couvert d'un uniforme d'officier de marine. Après un profond salut, il s'avance vers le premier consul. Général, dit-il, vos ordres ont été fidèlement remplis..... A cet instant, ses yeux se portent sur moi, il se trouble, il s'interrompt :

« Florida! vous ici! — Vous la connaissez, dit Bonaparte, je vous fais mon compliment! »

A ces mots, le premier consul se lève et sort du salon.

Aussitôt Adolphe, dont cette exclamation de Frédeville a dû fixer l'attention, s'approche avec vivacité. Mais déjà le siége qu'il devait occuper près de moi n'est plus vacant; Frédeville s'en est emparé. Mon émotion, mon trouble, mon effroi, sont bientôt remarqués; on m'entoure avec empressement, et pendant que l'officier de marine m'accable de questions, ma tête s'égare.... Je veux fuir...., cela me devient impossible. Adolphe, que mon état alarme vivement, et que cette inconcevable familiarité de Frédeville irrite, oublie la majesté du lieu où il se trouve, il repousse celui qu'il regarde comme la cause de ma douloureuse agitation, avec quelque rudesse ; il s'empare de moi, il m'enlève dans ses bras, et me transporte près d'une croisée qu'on s'est empressé d'ouvrir. Frédeville, incapable de se modérer, de se contraindre, fait entendre quelques paroles offensantes; aussitôt l'ambassadeur me confie aux soins de Constantine, s'entretient quelques instants avec le marin, et tous deux, de l'air le plus calme, sortent du salon, et bientôt des Tuileries.

Enfin je rassemble mes esprits, je cherche des yeux Adolphe et Frédeville, mais l'un et l'autre avaient disparu. Qui pourrait peindre les angoisses terribles de mon ame! Je tremble, je frémis, je ne puis rester un instant de plus dans ce brillant salon, où j'avais cru rencontrer le plaisir et n'avais trouvé que l'inquiétude et le désespoir. Constantine, inquiète à son tour, accepte aussitôt ma proposition de nous éloigner; je rappelle mon courage, je descends tristement, et me traînant à peine, ces escaliers superbes que j'avais montés naguère avec tant de prestesse et de joie. Notre voiture approche, mais comme il est tard, que le public ne circule plus dans les cours et les jardins, le plus grand silence règne, et n'est interrompu que par le bruit monotone, le pas mesuré d'une sentinelle; cette solitude, que je rapproche involontairement du spectacle bruyant de la foule qui se pressait à notre arrivée, glace mes sens, et me semble comme un triste et morne abandon de la nature entière.

Déjà nous avons tourné le guichet, nous allons franchir le pont Royal, notre course est ralentie par la montée qui se trouve en cet endroit; les glaces de la voiture étaient baissées; un homme se présente à la portière, et, d'une voix qui vient frapper jusqu'au fond de mon cœur et bouleverse mes idées, implore de notre pitié quelque secours. Un cri m'échappe :

« Grand Dieu !.... mon bienfaiteur!

— Qui vient de parler? reprend le pauvre; c'est vous, Florida? Il n'est pas au monde deux voix comme la vôtre; je n'ai pu me tromper. Ah! vous vivez encore! que le Seigneur soit béni! Si vous vous rappelez ce prêtre qui vous sauva la vie, que vous vîtes disparaître entouré de baïonnettes menaçantes, si vous vous souvenez de l'or qu'il prodigua pour vous, si vous avez conservé cette vertu précieuse à laquelle il atttache un si grand prix, et qu'elle coure ici quelque danger, descendez de ce brillant équipage, et venez partager ma misère. »

Emportée par un mouvement soudain, avant d'avoir fait aucune réflexion, et sans que Constantine ait pu s'y opposer, je suis déjà hors de la voiture et dans les bras du vénérable ecclésiastique. Après les premiers transports :

« Allons, dit-il, Florida, partons; mais, avant, dépouillez-vous de ces ornements frivoles; ne gardez que ce qui vous est indispensable pour vous couvrir! »

A cet instant, une idée rapide comme l'éclair a passé dans ma tête.

« Et Adolphe? lui dis-je.

— Quel Adolphe? Le maître sans doute de cet équipage? » A ces mots, il s'approche du carrosse, et, à la lueur du réverbère, considère un moment les armes qui sont peintes sur les panneaux. « Adolphe, dites-vous? C'est cet ambassadeur, l'un des hommes les plus voluptueux de cette capitale, qui affiche les mœurs les plus licencieuses, ce conquérant de toutes les belles de la ville et de la nouvelle cour, celui qui vient de tuer là-bas, à l'instant même, aux champs Élysées, le jeune Frédeville, d'un coup d'épée, et qu'on emporte blessé lui-même et baigné dans son sang : il eût mieux fait de conserver sa vie pour la consacrer au bonheur de sa femme et de ses enfants, qu'il tient loin d'ici, à l'écart et dans sa patrie. O Florida! vous viviez entre la débauche et le meurtre. Si Dieu vous a gardée, et vous a fait traverser tant d'écueils sans que vous ayez succombé; si votre cœur est toujours le même, suivez mes pas! »

A cet instant, je restai comme anéantie, et, sans proférer une parole, sans jeter un dernier regard sur Constantine et sa voiture, sans que je pusse assembler une pensée, je suivis machinalement le prêtre infortuné.

Je n'entends pas le roulement de la voiture qui s'éloigne rapidement, ni les cris de Constantine en apprenant la fatale nouvelle, ni les imprécations du cocher et des valets contre Frédeville, contre mon bienfaiteur et contre moi.

# LE BOUDOIR

# ET LE THÉÂTRE.

## CHAPITRE XIX.

Nous marchâmes long-temps près l'un de l'autre ; il me parlait, mais je ne comprenais rien à ses discours ; les sons qui venaient frapper continuellement mon oreille ne présentaient aucun sens à mon esprit; j'étais plongée dans une sorte d'ivresse, ma démarche était incertaine, je me heurtais contre les passants, et s'il ne m'eût saisie quelquefois par le bras pour me diriger, j'eusse été vingt fois écrasée; je ne voyais plus les voitures et j'étais sourde aux avertissements répétés qu'on me donnait; enfin, le nom d'Adolphe qu'il prononça me rendit à moi-même.

« Adolphe, il est blessé! m'écriai-je, peut-être il expire en ce moment, et c'est moi qui suis la cause de sa mort! Ah! du moins, si je pouvais recevoir son dernier soupir, si je pouvais mourir avec lui!

— Qui vous empêche? reprend l'ecclésiastique, retournons sur nos pas, je vais vous conduire à son hôtel, je n'ai pas employé la force pour vous en éloigner, c'est vous qui, sur mon invitation, avez bien voulu me suivre... Mais, puisque vous regrettez le séduisant ambassadeur, et son luxe, et son amour,.... marchons!... Seulement, comme il ne faut pas beaucoup nous détourner, que c'est sur notre chemin, n'irons-nous pas jusqu'au cadavre de Frédeville?...

—Grace! grace! ô mon bienfaiteur!

— Peut-être est-ce un devoir que le dernier adieu de Florida aux restes de son compatriote égorgé!

— Oh! fuyons plutôt cet affreux spectacle; ayez pitié de Florida, pardonnez au désordre de ses idées, elle a perdu son bien-aimé, celui qu'elle adorait, celui qui vient de verser son sang pour elle...

— Oui, l'époux d'une autre, le père de plusieurs enfants!

— Vous déchirez mon cœur; Adolphe époux et père! ô comble d'infortune!

— Dites de perfidie....... quels étaient ses desseins, ses intentions, en vous offrant un asile, en vous retenant près de lui, en vous entourant de soins et de séductions; n'était-ce point de vous déshonorer, de vous avilir, et de vous rejeter ensuite comme un objet digne de ses mépris ?

— Jamais! jamais! c'est le faire aussi trop barbare! c'est le dégrader! Il m'avait sauvé la vie, il m'aimait, il me chérissait par entraînement et non par calcul.... Sans doute il eût été plus heureux qu'il ne me vît jamais, puisqu'il avait serré d'autres nœuds; mais Adolphe adorait Florida, il ne lui reste donc plus qu'à pleurer sur elle.... Je l'abandonne... et dans quel moment? Percé d'un coup mortel..., agonisant..., il m'appelle sans doute...

— Adieu donc, fille malheureuse et faible, courez à votre perte, accomplissez votre damnation peut-être éternelle; après tant de malheurs, il ne me restait plus qu'à voir Florida perdre son ame et courir au-devant des feux de l'enfer; adieu!

Il s'éloignait déjà, mais moi ébranlée par ces terribles paroles, subjugée par cet ascendant irrésistible qu'il exerçait sur moi, je le suivais partout dans sa marche rapide. Nous arrivons enfin dans la Cité, nous parcourons ces rues étroites, sombres, hideuses ; nous entrons dans une maison dont les murs noircis, crevassés par le temps, semblent prêts à s'écrouler, nous montons un escalier long, tortueux, dont les marches tremblent sous nos pieds ; et encore à demi-parée, sortant des salons resplendissants des Tuileries, j'entre en baissant ma tête, crainte de me heurter, dans un misérable réduit, dans un grenier où j'aperçois pour tous meubles quelques brins de paille destinés à recevoir mes membres affaiblis.

« Allons, Florida, commençons par remercier Dieu de ce qu'il vous a donné la force de résister au charme qui vous entraînait. »

A ces mots, il se mit en prières et je l'imitai; je priais, mais c'était pour que ce Dieu si bon sauvât Adolphe et conservât sa vie. Quand nous fûmes relevés, il me regarda avec attendrissement, promena sur moi, et sur les murs délabrés de cette humble demeure, des yeux mouillés de larmes, et me parla ainsi :

« Je sais ce qu'il en coûte pour s'arracher des bras de ce qu'on aime, pour quitter tout à coup les jouissances de la vie et se vouer aux privations de la misère. Pauvre Florida! mon cœur saigne en songeant au sacrifice que vous venez de consommer; mais plus il fut grand, plus il est glorieux pour vous, et Dieu, dans sa miséricorde infinie, vous en gardera la récompense. Je le sais, j'ai renversé votre bonheur; j'ai changé en un long deuil ces plaisirs, cette joie de tous les instants, mais il y allait de votre honneur et de votre salut, je n'ai pu balancer.

« Et d'ailleurs, si vous compariez votre sort au mien, peut-être vous verriez qu'en fait d'infortune nous sommes encore à d'énormes distances. Je ne vous parlerai point des dangers que j'ai courus pendant cette révolution si longue et si cruelle; je me suis vu plusieurs fois sur la fatale charrette; un jour, il m'a fallu monter jusque sur l'échafaud; au moment où l'exécuteur mettait la main sur moi, le peuple se soulève, se révolte, m'arrache au supplice et me fait évader.

Tout cela n'est rien encore, car, à cette époque, c'était presque un honneur de perdre ainsi la vie. Mais maintenant que l'ordre est rétabli, que les lois sont respectées, que les citoyens vivent sous leur abri tutélaire, tranquilles et rassurés, vous croyez peut-être qu'il en est ainsi pour moi. Détrompez-vous, Florida; un crime a été commis : pour sauver son auteur, auquel j'étais enchaîné par les liens du sang et de la reconnaissance, il m'a fallu revendiquer l'infamie ; une sentence de mort a frappé votre ami, l'échafaud, que ne redoutent plus les autres, peut encore à chaque instant se dresser pour moi; mes biens sont séquestrés, et si je parviens à sauver ma tête, peignez-vous l'existence affreuse que je dois traîner jusqu'au moment où le Seigneur voudra m'appeler dans son sein. Cependant, si Florida reste pure, si je dois espérer de me trouver près d'elle au céleste séjour, si son cœur peut se dépouiller de cette passion funeste et se dérober aux feux de l'amour, je sens que je puis vivre encore et mêler quelques fleurs aux instrumens de tortures.

« Dans la crainte d'être reconnu, saisi, je ne sors jamais pendant le jour; une fois la nuit venue, comme je n'ai plus rien pour soutenir ma misérable vie, je sors, et d'un front calme, je tends la main, je demande aux hommes, à mes frères, un peu de nourriture. Je ne rougis pas, car ma pauvreté n'est point la suite de quelque vice ou de mon inconduite; je prie qu'on fasse pour moi la millième partie de ce que je fis pour tant d'autres. Je me contente de peu, et quand j'ai reçu de quoi passer un jour, je rentre; mais lorsque je vous rencontrai, personne encore n'avait eu pitié de mes maux; demeurez, Florida, tâchez de reposer un peu, vous trouverez sans doute bientôt quelque ouvrage qui vous fera vivre honnêtement, et vous permettra de choisir un moins triste asile.... Adieu! je vais demander l'aumône!»

Il sortit; je restai frappée de stupeur et d'effroi, je portai mes mains à mon front, je touchai mes vêtements, je voulais m'assurer que toute cette suite d'événements tragiques était réelle et non l'effet d'un songe..... Hélas! j'étais bien éveillée. Quelle nuit épouvantable je passai! j'avais le corps brisé, j'étais accablée de fatigue, et jusqu'au jour j'eus devant mes yeux le cadavre de Frédeville, Adolphe expirant, montrant sa large blessure d'où s'échappaient des flots de sang, et mon protecteur disputant sa tête au bourreau.

Cependant l'ecclésiastique était rentré, son front était plus sombre et son visage plus pâle encore.

« Me voilà, dit-il ; je rentre comme je suis parti, sans rapporter une obole ; je suis épuisé de lassitude ; longtemps poursuivi par une troupe de soldats, il m'a fallu faire de longs détours ; je me sens défaillir, tenez, Florida, prenez ma main, ne trouvez-vous pas qu'elle est brûlante ?

— Oh ! oui, mon ami, la fièvre vous dévore, quel changement s'est opéré dans toute votre personne! hier, j'ai bien reconnu en vous les traces profondes du chagrin et de la misère; mais je lisais aussi sur vos traits ce mâle courage, cette force de caractère qui ne vous ont jamais quitté: aujourd'hui vous êtes abattu; cependant je cherche en vain quel plus grand malheur aurait pu fondre sur vous.... Mais j'y songe avec effroi, le manque de soins.... la faim peut-être..... Si je n'avais point laissé ma bourse dans la voiture!

— Quoi! l'or de votre séducteur, vous pourriez le regretter? Ah! je serais mort cent fois avant d'y porter la main. Je mendie.... ; mais c'est le pain de la bienfaisance, et non celui de l'orgueil et du vice que je demande. Vos yeux fascinés par l'amour n'ont pu sonder, comme les miens, les profondeurs de cet horrible abîme où l'on voulait vous entraîner. Florida, il faut bien vous l'avouer, ce n'est pas la faim, c'est plutôt la maladie qui mine mes forces et produit cette altération que vous avez remarquée. »

En même temps l'infortuné se laisse aller sur cette triste paille, seule et misérable couche où puissent se reposer ses douleurs. Effrayée de son état, je songe avec anxiété qu'il faut absolument le laisser seul, et chercher quelques moyens de soulager ses maux. Après l'avoir invité à prendre courage, je m'éloigne, je vais essayer tous les expédients; mais j'ai cent projets, et pas un peut-être ne sera praticable. Baignée de larmes, je cours, comme une insensée, dans les rues de Paris; j'entre dans les boutiques, je demande partout qu'on m'emploie, qu'on me donne quelque travail; mais mon air égaré, ma mise extraordinaire pour une personne qui s'annonce dans le besoin, me rendent suspecte à tous ceux que j'interroge, et partout je suis repoussée. Le hasard, ou plutôt ma fatale passion, m'entraînent vers la rue de.... Je revois cet hôtel où je passai de tant doux moments.... Adolphe y est......, malade, expirant...... Je ne puis résister, je veux savoir au moins de ses nouvelles; je me présente, mais à ma vue, les gens de la maison froncent le sourcil, m'accablent d'injures, et me chassent avec barbarie, sans que j'aie pu savoir s'il existait encore.

Accablée, découragée, je regagne enfin notre demeure; déjà je monte le tremblant escalier, j'entends une voix de jeune fille qui fredonne, en descendant, une chanson joyeuse; nous sommes obligées de nous ranger nous nous arrêtons, nous nous examinons un moment.

« Ah! mon Dieu! qu'avez-vous donc, mademoiselle? me dit cette jeune personne. Qui peut ainsi vous faire pleurer? Parlez, je vous prie, Rosa peut du moins compatir à vos maux! » Sa figure était si franche, son air si bon, ses manières si engageantes, et moi j'étais si malheureuse, j'avais tant besoin d'épancher mon cœur, que, sans quitter la place, je lui contai tout.

« Ah bien! dit-elle, en voilà des malheurs Mais, pendant que nous causons, ce pauvre monsieur dont vous venez de me parler, peut mourir faute de secours; tenez, mademoiselle, voilà ce que je possède; c'est tout ce qui me reste, on a fait la paie hier. Montez bien vite, et moi je vais chercher M. Duluc, notre médecin. Oh! c'est un brave homme, il ne refusera pas de visiter un malheureux. »

J'allais répondre, mais Rosa était déjà bien loin; et, tout en montant vers notre grenier, je considérais le petit écu qu'elle venait de mettre si généreusement dans ma main; j'avoue que la vue de mille pièces d'or, dans un autre instant, m'aurait fait moins de plaisir.

« Qu'elle est bonne! disais-je, quelle aimable fille! elle a sans doute un modeste état, avec lequel elle vit tranquillement et trouve encore moyen de rendre service; elle demeure dans cette maison, je veux l'aller trouver, elle m'a promis de s'employer pour moi. Ce soir même, m'a-t-elle dit, vous pourrez être occupée. Oh! quel bonheur! si du travail de mes mains je puis gagner le pain de mon bienfaiteur!

J'étais arrivée à la dernière marche de l'escalier, j'écoute avant d'ouvrir la porte, il me semble entendre des plaintes. J'ouvre en tremblant, et je trouve mon malheureux ami plus mal encore qu'avant mon départ. Pendant que je m'inquiète, que je m'informe, qu'il répond à peine à mes questions, le médecin arrive et Rosa l'accompagne. Vous le voyez, dit-elle, j'ai tenu ma parole, et j'étais bien sûre que M. Duluc accourrait sur-le-champ.

— Faites silence, mes enfants, reprend le médecin; il questionne longuement le malade, et après l'avoir long-temps interrogé, considéré, il prend une lancette et pratique une copieuse saignée. »

Mon ami se trouva mieux dès ce moment, mais M. Duluc ordonna qu'il s'abstînt de sortir, déclara qu'il viendrait le voir le lendemain, et s'en fut. Le soir venu, j'allais partir avec Rosa, bien rassurée sur l'état de mon bienfaiteur, quand on frappe à notre porte. J'ouvre, c'est un commissionnaire chargé d'un lit, d'un matelas et de quelques couvertures.

« Bon! s'écrie Rosa, c'est un trait de M. Duluc! »

Bientôt nous avons dressé ce lit, et tout en bénissant l'homme généreux auquel nous le devons, nous aidons mon ami à y monter.

Nous partons enfin.

« Où allons-nous, dis-je à Rosa?

— Mademoiselle, nous allons au Théâtre-Français.

— Y pensez-vous, Rosa? moi, assaillie depuis hier des plus cruels malheurs, aller au spectacle!

— Ce n'est pas là non plus que je

vous mène, vous ne m'entendez pas, je n'ai point dit au spectacle, mais bien au Théâtre-Français; car, voyez-vous, ce n'est point comme spectatrices que nous serons là.

— Et en quelle qualité donc? ce ne sera pas, j'espère, comme actrices?

— Oh! non, sans doute, mademoiselle; mais je me charge de vous faire recevoir, ainsi que moi... figurante.

— Rosa, ne croyez pas que je vous

suive; si mon ami venait à savoir cela!

— Vous êtes bien la maîtresse, mademoiselle, mais je vous fais observer que je vous ai donné mon dernier petit écu, et d'ici la semaine prochaine.....

— Croyez-vous donc que je songe à vous dépouiller encore d'un argent qui vous est nécessaire? C'est assez d'une fois, je ne prétends plus avoir recours à votre générosité, ce serait en abuser.

— Cependant, je ne vois pas trop...

Tenez, mademoiselle, qu'une fausse honte ne vous arrête pas! il n'y a pas de sotte profession; venez avec moi, vous gagnerez, il est vrai, un modique salaire, mais vous pourrez demain vous présenter chez le boulanger ou le pharmacien, qui ne demanderont pas d'où vous tenez cet argent. Quant à votre ami, comme vous l'appelez, il s'agit de le secourir, rien ne vous force à lui dire quel moyen vous aurez pris.

— Et vous voulez que j'aille dans les coulisses!

— Pourquoi pas? j'y vais bien; et

vous l'avez dit, je n'en ai pas plus mauvais cœur.

— Mais, Rosa, la décence?

— La décence, mademoiselle, nous suit partout; c'est à nous de savoir nous faire respecter.

— Ah! Florida n'oserait jamais paraître.....

— Je disais cela la première fois; à présent je vais là comme à la promenade; songez donc, des figurantes! on ne fait que rarement attention à nous.

— Mais des étrangers sont admis dans les coulisses, les hommes s'y croient tout permis.

— Rien ne vous force à les écouter. Et d'ailleurs, quel mal qu'on vous dise que vous êtes jolie? assurément on ne mentira pas.

— Allons, Rosa, je vous suis; le motif qui me fait agir peut tout légitimer. »

Nous gagnâmes donc la porte des acteurs, et après quelques difficultés du concierge nous fûmes introduites. Rosa disait qu'elle était en retard, qu'elle n'aurait jamais le temps de s'habiller, qu'elle allait être mise à l'amende, et courait comme une folle dans ces longs et étroits corridors où se trouvent les loges des acteurs. Nous montons un escalier, nous en descendons deux, nous remontons encore, nous nous trouvons enfin dans le quartier des comparses, et pour suivre ma conductrice je suis obligée de me mettre hors d'haleine. A tout moment je rencontre des gens qui montent, qui descendent avec autant d'empressement que si le feu venait de se déclarer au théâtre; tantôt je me heurte contre un marquis, tantôt contre une soubrette ; par ici c'est un valet qui m'arrête, là c'est une troupe d'Écossais, qui causent et rient entre eux, sans faire attention à mes efforts pour m'ouvrir un passage. Rosa disparaît, je l'appelle, elle ne m'entend plus, me voilà seule égarée dans ce dédale ; inquiète, intimidée, je veux sortir, je m'oriente, je crois reconnaître le chemin que nous avions pris, je me hâte, je tourne, me voilà sur la scène, devant un homme qui lève sur moi le poignard; je jette un cri d'effroi, et le tyran part d'un éclat de rire. A ce moment, on crie : Place au théâtre! Tout le monde court, se précipite, on va lever le rideau; bientôt, il s'agit d'un changement à vue, les machinistes sont à leur poste, un coup de sifflet se fait entendre, les décorations sont en mouvement, les coulisses s'agitent, des trappes s'ouvrent et se referment avec fracas, je crains d'être engloutie ou bien écrasée; on me crie de me retirer, je ne sais où porter mes pas; mon embarras était au comble, quand un jeune Écossais, armé de sa longue épée, remarque mon trouble, me prend par la main, m'invite à ne point m'effrayer, parvient à m'ouvrir un passage, et sur l'indication que je lui donne, me conduit enfin à la loge, où je trouve Rosa s'habillant au milieu de vingt autres jeunes filles, dont la plupart sont déjà revêtues de leurs costumes.

« Ah! c'est vous, Florida, me dit-elle, j'ai cru que vous étiez partie; mais puisque vous voilà, nous allons vous habiller; allons, mesdames, c'est une nouvelle camarade, elle est aussi bonne qu'elle est jolie; aidez-moi, il nous manque justement la grande Julie, mademoiselle la remplacera. »

En quelques minutes, je suis dépouillée de mes vêtements et transformée en gentille Écossaise, jupon court, corsage élégant, cheveux pendants et tressés en longues nattes; je suis prête à paraître. Chacun se récrie, on loue ma tournure, ma taille, on s'extasie sur la beauté de ma jambe.

On donnait la première représentation d'Édouard en Écosse, pièce de M. Duval. Un nombreux public se pressait encore aux portes du théâtre, que toutes les places étaient envahies dans l'intérieur de la salle. Au lever du rideau, le plus grand silence règne partout; mais bientôt les royalistes et les émigrés, qui sont accourus en foule, saisissent de nombreuses allusions aux Bourbons, applaudissent avec fureur, et la pièce obtient un très grand succès. Ces lumières, ce bruit, ces applaudissements, le jeu des acteurs, les accents pénétrants de Damas, ma position toute nouvelle, ces milliers d'yeux qui me semblent fixés sur moi, tout cela m'émeut, m'agite; je sens que la tête me tourne, je veux sortir, il n'en est plus temps; je tombe au milieu de mes compagnes, un mouvement général a lieu dans la salle, mais on m'emporte aussitôt, le calme se rétablit, et le spectacle continue.

Cependant notre grand acteur tragique, Talma, était en ce moment au théâtre, il se trouvait dans la coulisse, il s'informe de la cause de ce trouble, et vient jusqu'à moi ; il aide à me porter des secours, et quand j'ouvre les yeux, c'est lui qui me soutient, qui m'encourage et m'invite à me calmer. Ses traits sont nobles et beaux, sa figure exprime la bonté, l'intérêt le plus tendre ; dès cet instant je ne puis m'empêcher de lui vouer mon amitié et mon estime. Quand je fus tout-à-fait revenue à moi :

« Mademoiselle, me dit-il, vous

paraissez douée d'une exquise sensibilité, j'ai remarqué tout à l'heure la pureté de votre organe, votre taille est bien prise, votre figure charmante, vous n'êtes point faite pour rester long-temps confondue dans la foule; venez chaque matin au théâtre, je me ferai un plaisir, un devoir, de seconder les heureuses dispositions dont vous a douée la nature. Votre air est si décent, et vos manières sont si distinguées, que je ne doute point de la cause qui vous amène ici : une mère sans doute dans le besoin : quelque parent à secourir.... Allons, prenez courage, je suis persuadé que vous ferez un jour une bonne actrice. »

Je remerciai de tout mon cœur cet excellent homme, et promis de me rendre dès le lendemain à son invitation. Cependant, la pièce finie, je n'ai plus affaire au théâtre ; cette fois, c'est avec Rosa que je parcours les longs corridors, je la tiens par sa robe, il eût été difficile de me la faire quitter. Nous avons repris notre costume parisien, et nous songeons à regagner la Cité. Il est tard, j'éprouve quelque crainte.

« N'ayez point peur, me dit Rosa,

nous ne nous en irons pas seules ; attendez un moment, ils vont venir.

— De qui parlez-vous donc, ma chère amie ? — De Julien, ce grand brun qui, depuis quelques jours, frappe du pied avec tant de vigueur et de grace quand il faut lever la toile ; il est si complaisant qu'il me conduit souvent jusque chez moi ; et de Charles, ce joli garçon, l'un de ces messieurs qui portent des bonnets garnis de plumes ; comment appelez-vous cela ?

— Un Écossais.

— Ah! oui, un Écossais, c'est

lui qui vous a si complaisamment menée jusqu'à notre loge; vous êtes si jolie, j'étais sûre que vous auriez dès ce soir quelqu'un pour vous conduire.

— Rosa, je trouve que cela n'est pas bien.

— Eh! pourquoi donc, mademoiselle? Aimez-vous mieux qu'on vous insulte en route? nous ne sommes point de celles qui roulent voiture; et que penserait-on de deux jeunes personnes qui courraient ainsi les rues, seules et à cette heure?

— Eh bien! c'est assez de votre

M. Julien, je n'ai pas besoin de M. Charles. Nous nous en irons bien tous trois.

— Oh ! mademoiselle, ce sont deux inséparables que ces jeunes gens-là ; et d'ailleurs, voyez-vous, il faut faire comme les autres, nous avons chacune notre conducteur, il serait ridicule que vous n'eussiez pas le vôtre. »

Messieurs Charles et Julien arrivèrent, et j'eus beau m'en défendre, remercier, refuser, je dus finir par accepter le bras du jeune homme ; nous causâmes d'abord tous quatre peu à peu Julien et Rosa restèrent en arrière ; j'avais beau vouloir les attendre, M. Charles allongeait toujours le pas, et la distance qui nous séparait de nos camarades devenait souvent considérable. Je ne sais comment il s'y prit, mais quoique je fisse tous mes efforts pour que la conversation restât froide, insignifiante, avant qu'il ne m'eût quittée, j'avais reçu la déclaration d'amour la plus brûlante. Quand nous nous trouvâmes seules, je voulus gronder Rosa, mais elle me répondait toujours de même :

« Et que vous importe, mademoiselle, que Charles vous fasse une déclaration d'amour, n'êtes-vous pas maîtresse de rester sourde à ses prières ? Quand il verra que cela n'aboutit à rien, il s'adressera probablement à une autre. En attendant, laissez-le vous protéger chaque soir, et si vous voulez être sage, je ne vois rien qui s'y oppose. »

Je sentais que Rosa raisonnait juste, mais je me disais aussi qu'en me voyant ainsi accompagnée, on ne manquerait pas de blâmer Florida ; je tenais à ma réputation. Mais mon ami, mon protecteur attendait de moi quelques secours, je n'avais pas d'autre moyen...; il fallut en passer par là.

Cependant je ne manquai pas de me rendre à l'invitation de M. Talma; je pris ma première leçon, je surmontai ma timidité, je lus quelques morceaux, il trouva que j'avais du naturel, du mordant et les plus heureuses dispositions. Ainsi secondée des conseils et des exemples d'un si grand maître, je fis de rapides progrès; enfin, au bout de quelques mois, je reçus un ordre de début.

Mon protecteur était tout-à-fait rétabli. Combien j'étais heureuse d'avoir acquitté en partie la dette de la reconnaissance! et lui, comme il se plaisait à vanter sa Florida, comme il exaltait ce qu'il nommait mes qualités, mes vertus! Mais je lui avais caché le nouvel état que j'avais embrassé; je tremblais qu'il ne l'apprît; ma conscience me disait qu'une découverte semblable l'aurait vivement affligé: aussi la joie que me donnait cet ordre de début était-elle bien tempérée par la crainte de déplaire à mon généreux bienfaiteur.

Un jour, je rentrai de bonne heure, croyant trouver mon ami, et me livrer à ses côtés à quelques petits préparatifs que mon début rendait nécessaires ; je fus surprise de ce qu'il était sorti ; mais comme il se sentait beaucoup mieux, je crus qu'il était allé respirer l'air sur les quais, les boulevarts, et qu'il ne tarderait pas à rentrer : la nuit, le jour se passèrent, et je ne le revis pas ; j'étais plongée dans la plus cruelle inquiétude : avait-il été reconnu, saisi? allait-il porter sa tête sur l'échafaud?

Une semaine entière s'était écoulée, mon bienfaiteur n'avait pas reparu ; je pleurais sur cette cruelle fatalité qui nous arrachait toujours l'un à l'autre, je redoutais d'apprendre son arrestation, et c'était en tremblant que chaque jour je parcourais le journal. Heureusement que les études sérieuses, les démarches et les soins de toute espèce qu'exigeait ma situation présente étaient autant de puissants motifs de distraction à mes chagrins.

Enfin le grand jour arriva : c'était dans le rôle d'Iphigénie en Aulide que je devais pour la première fois essayer mes forces. Quand je vis approcher l'heure fatale, je sentis le courage m'abandonner, je crus qu'il me serait impossible de jouer mon rôle. Ah! qu'ils seraient moins sévères, ces juges redoutables, ces spectateurs impatients! que la pitié se frayerait facilement un chemin jusqu'à leur ame s'ils pouvaient être témoins de nos angoisses, de nos inquiétudes et de nos tourments, quand arrive l'instant de paraître devant eux! Dans cette soirée terrible, qui ne s'effacera jamais de mon souvenir, Iphigénie, sous les traits de Florida, semblait réellement une victime qu'on allait traîner à l'autel.

Que je paie ici un tribut d'hommages à tous mes camarades! Dans ce moment suprême, plus de rivalités, plus de jalousie! tous m'entourent, me pressent, m'encouragent, m'éclairent de leur expérience, de leurs talents, chacun semble se rappeler qu'il eut aussi besoin de secours et d'assistance; qu'avaient-ils à redouter de mon apparition sur la scène, n'étaient-ils pas les premiers comédiens du monde, n'étaient-ils pas chéris du public?

Enfin, la toile se lève, la pièce a commencé; voici l'instant d'entrer en scène, mon cœur bat avec violence, mes jambes sont prêtes à se dérober sous moi; dans mon agitation, je crains que ma mémoire infidèle ne me présente plus à temps les vers immortels de Racine, que mes oreilles ne puissent entendre les avertissements du souffleur; le public, qui s'aperçoit de mon émotion, m'encourage du geste et de la voix, une triple salve d'applaudissements me rend à moi-même; je fais un dernier effort, je veux surmonter mes craintes et justifier cette bienveillance. Mes accents, d'abord faibles, inintelligibles, acquièrent peu à peu cette force, cette étendue nécessaires pour être compris, on m'écoute avec attention, quelques murmures flatteurs s'élèvent; un peu rassurée, je me livre davantage à mes inspirations. Enfin, entraînée, électrisée par le jeu sublime de ceux qui m'entourent, j'oublie presque que je suis devant une assemblée nombreuse; pénétrée de ma situation, ce n'est plus Florida, c'est Iphigénie elle-même, prête à être immolée, c'est son innocente vie que défendent tour à tour la plus tendre des mères et le bouillant Achille, c'est cet épouvantable sacrifice que les dieux exigent et que commande le roi des rois. Des larmes coulent de tous les yeux, des sanglots se font entendre, et toute la salle émue se dispose à me couvrir d'applaudissements. Mais, à cet instant, un sifflet perfide vient déchirer mon ame:

'allais fuir peut-être et compromettre mon début, quand le parterre entier se lève, et, s'unissant aux loges et aux galeries, proteste par une explosion bienveillante contre l'injustice du désapprobateur.

Cette terrible épreuve est enfin terminée; j'ai réussi, je reçois les félicitations de tout le monde, et le soir même je contracte un engagement avantageux. Mon nouvel emploi exigeait que je reçusse et que je visse du monde, il m'était fort incommode de parcourir chaque soir un long chemin pour rentrer chez moi, j'étais impatientée, obsédée des amours ridicules de M. Charles, que rien ne pouvait rebuter ; je quittai donc l'antique Cité, je louai un fort bel appartement rue de Richelieu, et le fis meubler d'abord avec une élégante simplicité. J'aurais pu vivre heureuse, si le souvenir de mon bienfaiteur, et plus encore peut-être celui d'Adolphe, ne fussent venus sans-cesse s'opposer à mon repos.

. . . .

Enhardie par l'accueil distingué que j'avais reçu, je pris bientôt l'habitude du théâtre ; l'éloignement du jeune ambassadeur, qui était allé respirer l'air de sa patrie, la certitude que mon ami s'était échappé, et plus que tout cela, le temps, ce puissant consolateur, les distractions toujours nouvelles qu'entraînait après lui mon état, me rendirent enfin cette douce tranquillité que je cherchais depuis si longtemps.

Ce n'est pas que je ne fusse assaillie d'adorateurs de tout rang et de tout âge; mais mon cœur n'était pour rien dans tout ce mouvement, et je laissais soupirer mes céladons à leur aise, ne pouvant en rien m'opposer à cette ardeur amoureuse.

C'est encore une nécessité de notre état de ne heurter l'amour-propre de personne; j'étais obligée de recevoir d'un air à moitié satisfait l'expression toujours nouvelle et toujours ennuyeuse d'hommages souvent importuns. C'était un homme riche qui se faisait gloire de descendre à ma porte en équipage, de crier bien haut au concierge : Mademoiselle Florida! afin que les passants ne pussent douter qu'il était en bonne fortune auprès de l'actrice à la mode; c'était un vieux marquis ruiné, qui, sûr de trouver chez moi nombreuse et brillante compagnie, s'introduisait presque à mon insu dans mes appartements, afin d'y parler de ses titres, de sa noblesse et du bon temps; c'étaient de jeunes étourdis, qui se piquaient de donner le ton, de gouverner la mode, qui venaient faire parade de leur habit écourté, création nouvelle, sortie avec effort d'un cerveau vide de pensées et rempli d'une fatuité frivole; c'étaient enfin des artistes dans tous les genres, puis des auteurs, des acteurs des principaux théâtres, des rédacteurs de journaux; des militaires, que le désœuvrement ou ma célébrité amenaient, et que la guerre faisait presque aussitôt disparaître.

Cependant, le sang créole coulait dans mes veines, je ne pouvais rester toujours froide, indifférente ; et si mon cœur, libre de tout engagement, s'était reposé quelque temps, comme épuisé par les sensations profondes d'un amour malheureux, il devait bientôt, reprenant toute sa sensibilité, s'embraser encore et m'exposer à de nouveaux hasards, dont ma vertu s'effrayait quelquefois : car quelle femme peut être certaine de toujours sortir victorieuse de luttes où nous avons à combattre et nos propres affections et l'ardeur de celui qui nous est cher ?

Un jeune débutant, que je nommerai Fierval, mais dont les rares qualités du cœur et de l'esprit, dont les talents précoces ont illustré un autre nom, jouait depuis quelque temps les jeunes premiers. La conformité de nos emplois, les études que nous devions faire ensemble, nous réunissaient à chaque instant de la journée; le soir encore nous semblions inséparables, les scènes les plus tendres, les déclarations d'amour, les serrements de mains, les baisers même, nous étions obligés de représenter tout cela devant un public qui paraissait frappé du résultat de nos profondes études, et trouvait qu'il était impossible de mieux feindre l'entraînement de l'amour.

A force de chercher la nature, d'en étudier tous les secrets, d'en représenter par d'heureuses et véritables inspirations le tableau le plus piquant, le plus naïf et le plus vrai; à force de jouer les amoureux, nous nous aperçûmes un jour que, sans nous en douter, nous les jouions depuis long-temps au naturel. Cette découverte n'affecta point Fierval, qui, certain de se trouver sans cesse près de Florida, de pouvoir, non seulement en particulier, mais encore devant tout Paris, jurer mille fois à ses pieds qu'il la chérissait plus que la vie, ne voyait rien au monde de préférable à sa destinée : mais moi, je ne pus songer sans frémir à cette obligation continuelle d'entendre à chaque instant les douces protestations, les tendres soupirs du séduisant acteur; j'étais forcée de lire chaque soir dans ses regards combien il m'aimait; et mes yeux, interprètes fidèles des sentiments de mon ame, ne répondaient que trop facilement par des éclairs d'amour aux feux dont brillaient les siens.

Quand nous avions rempli nos devoirs; quand, après une répétition fatigante, une représentation orageuse, nous étions libres de tous soins, débarrassés de tant d'importuns qui nous assiégeaient, c'était dans le temple du goût, chef-d'œuvre des arts, dans mon boudoir enfin, que nous aimions à nous retirer, à parler de nos craintes, de nos succès, et surtout de notre amour.

Cette retraite charmante, à l'embellissement de laquelle j'avais follement consacré des sommes considérables, et qu'avaient encore enrichie par une foule de cadeaux mes adorateurs bénévoles, était une véritable bonbonnière, un petit paradis.

Il est vrai que toutes les actrices, mes camarades, avaient un boudoir, c'était de rigueur : n'en point avoir, c'eût été se montrer rebelle à la mode, et, comme toutes les femmes, Florida n'était-elle pas son esclave?

Des meubles du plus grand prix, des objets de luxe, des draperies, des velours, des candélabres d'or massif s'y font remarquer. Ici s'allonge un lit de repos façonné d'un bois précieux, et dont la gracieuse courbure, à ses extrémités, a quelque similitude avec la proue d'un navire. Là une table à jeu, ronde, élégante, s'élance et s'exhausse sur une espèce de trépied que terminent avec richesse des pates de lion dorées aux griffes de bronze ; admirez avez moi ces légers fauteuils du plus bel acajou ; leurs bras sont soutenus par des cygnes d'or au cou flexible.

Qu'on aime à se reposer sur les coussins moelleux de ces jolis tabourets dont les quatre angles sont autant de têtes de bouc artistement sculptées ! que cette étoffe jaune qui les recouvre est fine et douce au toucher ! que cet effilé délicat qui les entoure et se croise me semble habilement nuancé des plus vives couleurs !

Et toi, mes délices, vaste miroir, Psyché jolie, surmontée de boules d'or que traversent des lances aiguës, c'est devant ta surface transparente que Florida s'arrête et se voit tout entière, ce sont tes magiques reflets qui lui présentent et son image et ses parures.

Guéridon charmant, tu sembles construit pour les Graces, ton marbre de Paros, ton bois aux veines de feu, et ce petit rempart élégant qui ceint tes contours, font de toi le plus léger objet sorti des mains de nos artistes.

Tous ces meubles sont embellis, ornés de figures en bronze de la plus rare perfection ; telles sont quelques unes des merveilles dont se pare et s'enorgueillit ce séjour des dieux.

. . . . . . . . . . . . . . . . . . .

Une chaumière, un champ modeste! disent les amants. Ah! sans doute, deux cœurs embrasés d'une mutuelle flamme peuvent trouver le bonheur sous le chaume, dans la condition la plus humble; mais l'éclat, la richesse et la fortune ne sauraient effrayer les amours.

Je faillis plus d'une fois en faire l'expérience. Jamais Fierval ne me paraissait si tendre, si passionné; jamais je n'étais mieux disposée à lui accorder quelque faveur qu'au moment où, retirée dans mon boudoir, j'écoutais avec émotion ses doux serments, et repoussais mollement ses attaques renaissantes. Qu'il était dangereux alors, et qu'il eût pu facilement triompher!

Effrayée de ma faiblesse, redoutant de me trouver seule avec Fierval, résolue de conserver intacte cette vertu que j'avais sauvée déjà de plus d'un péril, et sans laquelle je n'aurais pu vivre heureuse, je ne trouvai d'autre moyen d'échapper à mon ennemi que d'éviter pour toujours ces brûlants tête-à-tête. Je pris l'habitude de recevoir indistinctement dans mon boudoir toutes les personnes qui m'entouraient de leurs hommages; et de cette façon, j'y avais souvent nombreuse compagnie. C'était un moyen d'arrêter les bruits injurieux à ma réputation, et de me dérober en quelque sorte aux mouvements passionnés de mon cœur.

Long-temps Fierval me blâma de ma prudence, et quand il vit que j'étais ferme dans ma résolution, il tenta de l'affaiblir à l'aide d'une manœuvre plus savante et mieux concertée; ce n'étaient plus de tendres reproches, d'amoureuses prières; c'étaient un morne silence, un air abattu, des yeux mouillés de larmes, une intéressante pâleur qui contristaient une amante éperdue; et quand je cherchais à ranimer son courage, quand je voulais adoucir l'amertume de son ame :

« Il n'est qu'un moyen, me disait-il, de me prouver votre confiance et votre amour, de me rendre à la vie, au bonheur, reprenons les entretiens du charmant boudoir. Fierval n'exige de vous que cette innocente concession, il respecte trop Florida pour abuser de cette marque d'attachement et de condescendance ; si vous me la refusez, c'est que j'ai perdu votre estime, qu'ai-je besoin alors de conserver cette misérable vie ? »

Je balançais, j'allais peut-être oublier toutes mes résolutions, lorsqu'une visite à laquelle j'étais loin de m'attendre vint arracher à Fierval tous les fruits de cette tactique habile.

C'était à la suite de la représentation d'une pièce nouvelle, j'avais obtenu le plus grand succès, et le public, après le spectacle, avait demandé que Florida parût et vînt recevoir le tribut d'éloges et d'admiration qu'elle avait mérité. On m'avait jeté des vers, des couronnes, l'enthousiasme avait été porté jusqu'au comble, j'étais heureuse de l'approbation générale. Je rentre chez moi, et pendant que devant ma toilette je me dispose à quitter le frais chapeau, le soyeux cachemire, la robe à longue queue, on sonne à ma porte, ma femme de chambre s'empresse d'ouvrir. « Deux messieurs, dit-elle, demandent à parler à Madame. » Je me rends au salon où l'on m'attendait. J'entre, ô surprise! Adolphe et Frédeville!....

Frédeville que je croyais mort, Adolphe dont je pensais être oubliée.

Je n'essayerai point de peindre ce qui se passa dans mon ame, mais, comme frappée de la foudre, je restai fixe, immobile à la même place.

« C'est vous, dit enfin Adolphe, c'est vous, Florida! nos yeux ne nous ont point trompés; c'est vous, toujours divine, toujours adorable, qui venez d'enlever tous les suffrages. Nous vous avons perdue charmante, nous vous retrouvons parfaite. Vous êtes étonnée sans doute de notre apparition, votre esprit ne peut concevoir Adolphe et Frédeville, ces deux rivaux bouillants, étroitement unis par les liens de l'amitié : rien n'est plus réel cependant ; je n'entrerai point dans de longs détails ; qu'il vous suffise de savoir que tous deux, égarés par l'amour, et n'écoutant qu'une aveugle rage, nous sommes tombés victimes de nos fureurs. Mon ami resta sur le lieu du combat, on le crut mort ; mais les médecins appelés reconnurent quelques signes de vie ; on le secourut, et je n'ai point à me reprocher la mort d'un brave officier de marine. Rétabli le premier, je courus chez lui, je le trouvai languissant, prêt à mourir ; à force de soins, de consolations, je parvins à le ranimer; et pour qu'il consentît à vivre, je me vis obligé de renoncer à Florida : affreux sacrifice! que m'imposaient l'honneur et l'humanité. A la nouvelle de ma blessure, ma femme, mes enfants étaient accourus; je compris enfin tous mes devoirs, et combien j'avais été coupable envers vous. Je vous devais une réparation, la voici, Florida: Frédeville, toujours épris de vos charmes, admirateur enthousiaste de vos vertus, vous offre sa main et met son cœur à vos pieds, et c'est Adolphe qui vous le présente! »

A cet instant Frédeville, en proie à la plus violente agitation, trop profondément ému pour ajouter un mot aux paroles de son ami, se précipite à mes pieds, et couvre mes vêtements de baisers.

« Adolphe, Frédeville, que me proposez-vous? Florida vous a-t-elle dit si son cœur était libre de toute affection? Avez-vous le droit de disposer de sa personne et de sa main?...

— C'est assez, reprend Frédeville en se relevant; Adolphe, vous le voyez, c'est en vain que vous cherchez à m'abuser, à vous tromper vous-même, Florida ne ressentira jamais que la haine et le mépris pour votre malheureux ami; sortons, ma vue lui fait mal. Ah! quand aux climats brûlants de Saint-Domingue Florida venait entendre ma romance; quand proscrits, infortunés, nous voguions vers l'Europe, et que nous traversions l'immense océan, pourquoi ne m'accablait-elle pas de ses rigueurs? Pourquoi ses yeux, amoureusement fixés sur les miens, exprimaient-ils la tendresse, quand elle ne rêvait que perfidie? Pourquoi? parce qu'elle était femme, et qu'il fallait immoler quelques victimes à sa coquetterie. Florida, jamais vous ne reverrez Frédeville! » Et toujours violent, toujours emporté, il entraine Adolphe et ferme la porte avec furie.

Frédeville, Adolphe, Fierval! que de tourments, que de maux vous me préparez!

En songeant avec quelle énergie Frédeville avait juré de ne plus me revoir, qui n'aurait cru que tout était fini et que pour toujours il avait renoncé à me faire partager une passion que mon cœur ne pouvait ressentir. Cependant, peu de jours après, j'acquis la preuve du contraire ; Frédeville m'aimait depuis l'enfance, cet amour devait le suivre jusqu'au tombeau : croire à sa disparition éternelle, c'était méconnaître le cœur humain et la puissance de l'amour.

J'étais restée quelque temps sans paraître au théâtre, indisposée par suite d'un excès de travail, et des secousses qui venaient d'affecter douloureusement mon esprit ; je ne reçus personne, pas même Fierval. J'avais besoin, pour me rétablir, d'être seule, de pouvoir méditer en silence sur ma situation singulière, et de fouiller jusque dans les plus cachés replis de mon cœur. Le résultat de toutes mes réflexions servit à m'affermir dans le dessein de rester libre et de ne jamais contracter un hymen que je savais devoir causer le désespoir de mon bienfaiteur, si jamais j'étais assez fortunée pour le revoir.

Ma santé tout-à-fait rétablie, ma tranquillité revenue, je rouvris les portes du boudoir; et mes amis, mes connaissances d'accourir aussitôt, avec un empressement qui faisait leur éloge et plaisait à mon ame.

Adolphe et Frédeville ne tardèrent pas à se présenter de nouveau, le premier en qualité d'ami, le second comme amant qui ne pouvait arracher de son cœur le trait qui l'avait percé, et conservait encore l'espoir de me rendre un jour sensible à ses maux. Je n'étais point fâchée de ces visites, notre petit comité s'enrichissait de deux cavaliers jeunes, aimables et de la plus jolie tournure; enfin, je ne pouvais qu'être flattée des hommages délicats qui m'étaient rendus. C'était à qui ferait briller son esprit, ses graces et ses talents, nos réunions étaient vraiment charmantes; j'étais la déesse qui présidait à ces jeux.

Un jour, après avoir épuisé tout ce que la gaîté, la galanterie, l'amour et la légèreté française peuvent inspirer de saillies piquantes et de mots heureux, nous gardions un silence qu'allaient interrompre bientôt sans doute quelques uns de ces traits remplis de finesse que nous applaudissions toujours avec transport; richement parée de mes attraits, de ma jeunesse et des attributs séduisants de la mode, mollement couchée sur mon lit de repos, j'avais abandonné ma main au tendre Fierval, pendant qu'Adolphe, qui avait promis plus qu'il ne semblait pouvoir tenir, restait à mes pieds, murmurant le nom d'ami et s'enflammant au seul nom de Florida. Frédeville, assis sur un petit tabouret, fixant sur moi des yeux où se peignaient les tourments de l'amour et la jalousie, paraissait attendre un mot de ma bouche, un mot que tant de dévouement et de constance avaient dû mériter. Une foule d'autres personnes, éprises de mes charmes ou de mes talents, attendaient que je voulusse bien laisser tomber sur elles un regard d'intérêt ou d'indulgence : et moi, je recueillais mes souvenirs, je sentais que si Fierval avait mon cœur, ce n'était point tout-à-fait à l'exclusion d'Adolphe que je ne pouvais m'empêcher d'aimer encore. Je considérais tour à tour ces deux hommes également pourvus de tout ce qui peut faire notre bonheur, tous deux adorant Florida; et mon cœur troublé, indécis, voyait avec effroi que s'il eût fallu choisir, la plus cruelle alternative se serait présentée.

J'étais dans ces dispositions, quand des pas fermes et retentissants se font entendre ; on approche, et nous voyons paraître un militaire d'une haute stature : sa tête est couverte d'un large bonnet à poil, surmonté d'un panache rouge éclatant ; sa figure noble, expressive, porte d'épaisses moustaches qui lui donnent quelque chose de dur et de terrible. Il est vêtu de l'uniforme des troupes de ligne ; et aux insignes de son grade, nous reconnaissons que c'est un officier de grenadiers. Il s'avance jusqu'au milieu du boudoir sans proférer une parole ; il s'arrête enfin, et après nous avoir quelque temps considérés, il lève les yeux au ciel, des larmes tombent sur sa poitrine. Puis tout à coup s'adressant à moi :

« C'en est donc fait, dit-il, perdue de mœurs et de réputation, Florida ne me reconnaît plus !

A ces paroles, à cette voix si long-temps chérie, je me lève et me précipite dans les bras de l'officier.

# L'HOSPICE.

## CHAPITRE XX.

J'étais dans les bras de mon bienfaiteur, car c'était lui, c'était le prêtre dont les conseils et la fermeté m'avaient déjà retenue sur les bords de l'abîme, cet homme dont les vertus égalaient le courage et l'infortune, qui, sous cet uniforme imposant, et sans avoir voulu qu'on l'annonçât, venait de pénétrer jusqu'au boudoir.

Il écoutait d'un front calme et d'un air froid les questions indiscrètes d'Adolphe, de Fierval et de Frédeville; tous les yeux étaient fixés sur lui, toutes les bouches l'interrogeaient, il se contenta de m'adresser ces paroles :

« Florida, je désire vous parler une dernière fois, vous ne me refuserez peut-être point cette grace? »

Alors je rappelai mon courage, ma fermeté; je congédiai tout le monde.

Ce ne fut pas sans peine et sans quelque résistance de leur part que je parvins à éloigner l'ardent Adolphe, l'amoureux Fierval et l'impétueux Frédeville.

Quand nous fûmes seuls :

« Adieu donc, Florida, adieu pour toujours! vous ne reverrez plus, sans doute, celui que vous aviez nommé votre ami, celui qui vous semblait jadis avoir quelques droits à votre reconnaissance, et dont vous avez si peu suivi les conseils. Le ciel m'est témoin, et un jour peut-être, mais trop tard, vous reconnaîtrez que vous me deviez respect, obéissance. Je ne viendrai plus vous importuner d'inutiles avis; la profession que vous avez embrassée, ce luxe, cette foule d'adorateurs qui vous assiégent et que vous écoutez avec tant de complaisance, tout me dit qu'il n'est plus d'espoir. Accomplissez votre destinée; dès ce moment la mienne, si long-temps incertaine, est fixée pour toujours. Je pars aujourd'hui même pour l'armée, je vais me rendre à mon poste et recevoir la mort sans la donner. Poursuivi, prêt à être arrêté, averti quelques instants avant que la police ne me fît saisir, j'ai quitté sans avoir eu le temps de vous voir le triste asile où votre présence adoucit quelque temps mes infortunes. Pour échapper au sort cruel qui m'attendait, je n'ai trouvé d'autre moyen que d'embrasser le métier des armes. Vous le voyez, mon zèle, ma conduite, mon éducation, m'ont valu quelque avancement; j'ai vu plus d'un combat, j'ai partagé la gloire et les périls de mes compagnons; mais je n'ai jamais oublié le caractère indélébile dont je suis revêtu; j'ai paré des coups, car je désirais, je voulais vous revoir encore; mais mon épée ne s'est point rougie du sang des hommes. Sans cesse exposé aux hasards, aux attaques des ennemis, ne cherchant qu'à conserver ma vie sans menacer la leur, les chances ne sont point égales entre nous, je dois enfin succomber; et que n'est-ce à l'instant même, puisque Florida n'est plus rien pour moi! Dieu prendra pitié de son serviteur; oui! je l'espère, je vais mourir au poste que m'ont choisi l'honneur et la nécessité!

—O mon ami! ô mon père! m'écriai-je, s'il faut que vous périssiez, emportez au moins cette douce consolation, que Florida, sur le point de succomber, éclairée enfin d'une vive lumière, incapable de résister à vos éloquentes paroles, renonce pour jamais au monde, veut vous suivre partout, s'attacher à vos pas, à vos côtés, mourir enfin digne de vous, et se consacrer pour jamais aux emplois les plus humbles, afin de mériter son pardon, et de vous, et du Dieu clément qu'elle a trop long-temps offensé.

« Oui, je renonce à ces vaines parures, à ce luxe perfide, à ces adorations criminelles, à ce culte que me rendaient des malheureux égarés comme moi, à ces pompes du monde et du théâtre, à toutes ces frivolités qui réjouissaient mon esprit et corrompaient mon cœur; j'abandonne tout! Adolphe, Fierval, vous ne m'êtes plus rien; Dieu! Dieu! et mon bienfaiteur! voilà désormais les seuls objets dignes de me fixer et d'occuper mon ame. O mon ami, partons, éloignons-nous de ces lieux, où j'allais perdre peut-être et ma vertu et mon honneur; fuyons! que jamais le nom de Florida ne vienne ébranler ces voûtes; que ces murs et ces lambris s'écroulent sur ma tête criminelle, si jamais égarée, oubliant et mes promesses et vos ordres révérés, je pouvais revoir ce luxueux salon et ce voluptueux boudoir! »

Aussitôt, sans attendre sa réponse, j'ai quitté ma brillante toilette, et vêtue simplement, munie d'un peu d'or, je m'éloigne avec mon ami; j'abandonne, à qui voudra s'en emparer, tous ces meubles, tous ces hochets de l'orgueil et de la vanité; il me semble que je ne puis m'éloigner assez tôt; je me hâte, je le force d'accélérer sa marche.

Et lui, rayonnant de joie, tenant ma main qu'il a placée sur son cœur que je sens battre avec violence, enthousiasmé de cette résolution soudaine, inattendue, agité de mille sentiments délicieux, il fixe sur les miens des yeux si tendres, si satisfaits, que, si ce n'étaient ceux de mon protecteur, de mon ami, j'y croirais lire l'expression de l'amour.

. . . . . . . .

Nous prenons une voiture publique, et nous suivons le chemin du Jardin des Plantes, sans que je sache précisément l'endroit où mon ami va me déposer : nous tournons le boulevart, bientôt la voiture s'arrête, et je comprends enfin son projet quand, descendant devant la porte d'un hospice, je reconnais la Salpêtrière.

Il demande à parler au directeur de l'établissement; on nous introduit, et peu d'instants après, j'apprends avec joie que je suis admise au nombre de ces jeunes filles qui se consacrent au service des insensées et des malades.

C'est alors qu'il fallut nous séparer. Oh! quel moment terrible! Je ne sais quel pressentiment nous disait que c'était pour toujours; puisse-t-il ne point se réaliser! Tous deux serrés dans les bras l'un de l'autre, il nous était impossible de nous quitter, de terminer ces adieux cruels; quand il voulait partir, je le retenais avec force, je me jetais à ses genoux, je m'attachais à ses vêtements, je demandais qu'il restât un instant, un seul instant de plus. Si c'était moi qui, touchée de ses exhortations, voulais, par un effort subit, me dérober à ses caresses, il m'arrêtait, il m'arrosait de ses larmes, il me pressait contre son cœur. Mais tout à coup, comme inspiré d'une idée sublime : « Adieu, Florida, s'écria-t-il en me montrant le ciel, s'il faut ne plus nous revoir sur la terre, c'est là que je vous attendrai ! . . . . . . . . . . . . . . . .

. . . . . . . . . . . . . . . .

Je veux encore le rappeler, je sors avec promptitude, mais il était déjà loin. Je demandai que l'on m'installât aussitôt dans mes fonctions, j'espérais que mes nouvelles occupations serviraient puissamment à me distraire et à me consoler.

Hélas! que de maux, que d'infirmités réunis sur un même point! Ici, toujours des larmes, toujours des soupirs, des plaintes, des gémissements; qu'ils sont lugubres ces longs couloirs où se promène la douleur, ces vastes dortoirs d'où des milliers d'infortunées, privées de forces, incapables de descendre ces degrés, ne sortiront qu'entourées d'un linceul, et pour gagner leur dernier asile. Qu'elles sont tristes ces cours solitaires, au pavé propre entouré d'herbes, que des malades mettent tout un jour à traverser, ou que des curieux indifférents foulent d'un pied agile! Que ces figures sont pâles! et ces corps! comme leurs os saillants repoussent cette peau jaune et ridée!... D'où viennent ces chansons, ces éclats de rire? qui peut ainsi insulter au malheur, à toutes les misères?... Ce sont des insensées, elles ne connaissent point toute leur infortune, elles rient!... et le rire fait couler mes larmes. O Dieu! quels cris aigus! qui donc appelle au secours? entendez-vous? Au feu!... à l'assassin! Voyez-vous cette femme, au regard épouvantable, comme elle secoue avec furie les barreaux de sa fenêtre, elle va les arracher, se précipiter! O Florida, c'est entre ces rires convulsifs et ces cris de rage que tu dois maintenant passer ta vie!

Long-temps ce triste appareil, ces exclamations délirantes produisirent sur moi le plus terrible effet, mais plus tard je parvins à modérer ce mouvement d'horreur, ce subit effroi qui s'emparaient de mon ame. En paix avec ma conscience, nulle agitation, nulle peine, nuls regrets ne venaient me rappeler un monde où j'aurais pu rentrer, si le souvenir de mes promesses, de mes serments, n'avait élevé entre lui et Florida une barrière éternelle. Parfois je songeais avec délices au retour de mon bienfaiteur; je priais Dieu chaque jour de lui conserver la vie, et si ma prière devait être exaucée, si mon ami n'avait point succombé, j'étais bien sûre de le revoir encore.

Un jour, après avoir vaqué à tous les soins qu'exigeaient mes fonctions, je fus m'asseoir à l'extrémité de la salle au rez-de-chaussée, dont j'étais la directrice. Le temps était beau, beaucoup de visiteurs parcouraient en tous sens le vaste enclos de la Salpêtrière; j'ouvre la fenêtre, je prends un livre, je m'assieds, je commence une lecture qui m'attache et m'intéresse. Je fais peu d'attention aux personnes qui explorent en cet instant ce triste mais bienfaisant asile, quand deux hommes s'arrêtent près de moi et me considèrent avec attention.

« Quel ange! disait l'un, elle ira droit au ciel : quitter ainsi toutes les joies du monde pour se vouer au travail le plus pénible, le plus repoussant, mais aussi le plus méritoire! »

Je lève les yeux : encore Adolphe et Frédeville! je veux fuir.....

« Restez, me dit Adolphe, restez, fille céleste; nous nous éloignons, nous respectons votre heroïsme et vos vertus, le hasard seul a produit cette rencontre; nous cherchions à voir des êtres plus malheureux que nous; nous voulions que nos regards pussent plonger dans cette longue galerie où la mort sans doute promène chaque jour sa faux meurtrière. Les infortunées! elles sont moins à plaindre que mon malheureux ami... victime du plus constant amour. O Florida! priez pour nous! »

Et tous deux s'éloignèrent : Adolphe pleurait ; il était loin, j'entendais encore ses sanglots. Mais Frédeville, l'œil sec, les dents serrées, la pâleur sur le front, il ne put ajouter un mot.

Ce fut la dernière fois que des idées d'amour vinrent agiter mon cœur ; le calme y rentra bientôt, et toujours soutenue par l'espérance, j'attendis chaque jour l'arrivée de mon ami.

Hélas! plus de dix ans se sont passés, et mes yeux n'ont plus revu mon bienfaiteur.

**Se trouve aussi chez les Libraires suivans:**

DUREUIL, place de la Bourse;
LEVAVASSEUR, Palais-Royal;
RAPILLY, passage des Panoramas;
Ve CHARLES BÉCHET, quai des Augustins;
ALEXANDRE MESNIER, place de la Bourse;
MONGIE, boulevart des Italiens.

PARIS, IMPRIMERIE DE AUGUSTE MIE,
rue Joquelet, n° 9, place de la Bourse.

www.ingramcontent.com/pod-product-compliance
Ingram Content Group UK Ltd.
Pitfield, Milton Keynes, MK11 3LW, UK
UKHW031904260826
14628UKWH00002B/972

9 782014 451474